베스트 한국 전래 동화 19

나도 밤나무

글 송종호 | 그림 박준

율곡 이이는 많은 사람들로부터 존경을 받았던
조선 시대의 대학자*예요.
율곡은 어렸을 때부터 남달리 총명*하여
그에 관한 많은 일화가 전해 온답니다.
다음은 율곡의 어린 시절에 있었던 일이에요.

*대학자 : 학식이 아주 뛰어난 학자.
*총명 : 영리하고 재주가 있음.

6

율곡의 어머니는
사임당 신씨로 훌륭한 분이었어요.
글도 잘 쓰고 그림도 잘 그렸지만,
무척 현명하여 모든 어머니들의
모범*이 되는 분이기도 했지요.
율곡의 아버지가 한양에서 벼슬을 지내는 동안,
어머니는 몸이 약한 율곡을 돌보며
외가*가 있는 강릉에서 살고 있었어요.

*모범 : 본받아 배울 만한 본보기.
*외가 : 어머니의 친정.

어느 날, 한양에서 율곡의 아버지가 돌아와
가족들은 오랜만에 즐거운 저녁을 보냈답니다.
그런데 다음 날 아침이었어요.
아버지가 몹시 놀란 얼굴로 어머니를 불렀어요.
"아니, 무슨 일이에요?"
어머니가 바짝 다가앉으며 물었어요.
"어젯밤에 참으로 이상한 꿈을 꾸었다오.
산신령*이 나타나 우리 율곡이 열다섯 살이
되면 호랑이에게 물려 죽을 거라고 하지 않겠소."

*산신령 : 민속에서, 산을 맡아 보호한다는 신령.

"아니, 뭐라고요?"
어머니가 깜짝 놀라 소리쳤어요.
"너무 걱정 말아요. 산신령님이 호랑이를
물리칠 수 있는 방법도 말해 주었소."
"어떻게 해야 율곡이 살 수 있답니까?"
"뒷산 언덕에 밤나무 천 그루를 심으면 된다오.
하지만 한 그루라도 모자라면 안 된다고 했소."
부부는 산신령의 말대로 뒷산 언덕에
밤나무를 심기로 했어요.

율곡의 어머니는 마을 사람들을 찾아가
간곡히 부탁을 하였어요.
"뒷산에 천 그루의 밤나무를 심어야
우리 아들이 호랑이에게 물려가지 않는대요.
그러니 여러분들이 나무 심는 일을 좀 도와 주세요."
마을 사람들은 기꺼이 도와 주겠다며 나섰어요.
사람들은 삽과 곡괭이*를 들고 산에 올라가
밤나무 천 그루를 심었어요.

*곡괭이 : 단단한 땅을 파는 데 쓰는 좁고 긴 듯하게 생긴 괭이의 한 가지.

그 날 밤이었어요.
밤나무를 심은 뒷산에 들쥐들이 나타났어요.
"애들아, 여기 새로 심은 밤나무가 있어."
"뿌리가 부드러워서 맛있겠다."
들쥐들이 밤나무 한 그루에 달려들어
뿌리를 모조리 갉아먹었어요.
밤나무는 그만 쿵! 하고 쓰러져 버렸지요.
그 때 숲 속에서 곰 한 마리가 나와
쓰러진 밤나무를 끌고 가 버렸답니다.

15

율곡의 어머니는 매일매일
밤나무를 정성껏 가꾸었어요.
하지만 밤나무 한 그루가 없어진 사실을
까맣게 모르고 있었지요.
마을 사람들이 숫자를 하나하나 세면서
나무를 심었기 때문에 조금도
의심을 하지 않았던 거예요.
그래서 뒷산 언덕에는 구백구십구 그루의 밤나무가
무럭무럭 자라 울창한 밤나무 숲을 이루었어요.

세월이 흘러 율곡이 열다섯 살이 되었어요.
어느 날, 한 스님*이 율곡의 집을 찾아왔어요.
"어서 오십시오, 스님."
어머니는 공손하게 스님을 맞았어요.
"몸이 약한 아드님 때문에 걱정이 많으시지요?
제가 아드님을 데려가 튼튼하게 만들어 드리겠습니다."
"스님의 말씀은 고맙지만,
제 아들은 절에 보내지 않겠습니다!"
어머니는 딱 잘라 말했어요.

*스님 : '중'의 높임말.

18

19

그러자 갑자기 스님이 몸을 휙 돌리며
재주를 빙그르르 넘었습니다.
그리고 하얀 연기와 함께 호랑이가 '어흥!' 나타났어요.
호랑이는 으르렁거리면서 어머니를 해치려 했어요.
하지만 어머니는 꿈쩍도 하지 않았어요.
몇 년 전부터 이런 날이 오리라는 것을
알고 있었기 때문이에요.

오히려 어머니는 호랑이에게 호통*을 쳤어요.
"어서 썩 물러가거라. 감히 내 아들을 넘보다니!"
호랑이는 껄껄 웃으며 말했어요.
"뒷산 언덕에 밤나무 천 그루가 없을 때는
네 아들을 데려가겠다. 알겠느냐?"
어머니는 자신 있게 대답했어요.
"오냐, 어서 뒷산으로 가서 밤나무를 세어 보자꾸나."

*호통 : 몹시 화가 나거나 겁을 주기 위해 큰 소리로 꾸짖음.

어머니와 호랑이가 뒷산 언덕의 밤나무 숲으로
갔다는 이야기가 온 마을에 퍼졌어요.
"호랑이가 율곡을 잡아가려고 왔대요!"
"가만히 있지 말고 호랑이를 잡아 혼내 줍시다!"
"그래요. 어서 산으로 올라가요."
마을 사람들은 용기를 내서
뒷산 언덕으로 달려갔어요.

"아주 큰 호랑이라며?"
"괜찮아. 뒷산 언덕에 밤나무 천 그루만 있으면
호랑이는 꼼짝 못하고 물러갈 거라잖아."
뒷산 언덕으로 올라가면서 사람들은
웅성웅성 이야기를 나누었어요.
"그런데 정말 밤나무 천 그루가 있을까?"
"아무렴, 우리가 분명 천 그루를 심었지 않은가."
마을 사람들은 자신 있게 말했어요.

사람들은 호랑이 앞에서
큰 소리로 밤나무를 세기 시작했어요.
"구백구십오, 구백구십육, 구백구십칠,
구백구십팔, 구백구십구……!"
이제 마지막 남은 한 그루를 셀 참이었어요.
그런데 나머지 밤나무 한 그루가 보이지 않았어요.
"한 그루가 어디 갔을까?"
"아무리 세어도 한 그루가 없는걸?"
"으흐흐! 이제 율곡은 내 먹이다!"
호랑이가 율곡에게 막 덤벼들려는 순간이었어요.

"나도 밤나무야!"
어디선가 작은 목소리가 들려 왔어요.
사람들이 소리나는 곳으로 달려갔지요.
"여기다, 밤나무 한 그루가 여기 있어!"
"나도 밤나무야!"
밤나무를 닮은 나무가 다시 한 번 외쳤어요.
"그럼, 너도 밤나무지.
호랑이야, 천 번째 밤나무가 여기 있다!"
그러자 호랑이는 분하다는 듯이
어디론가 어슬렁어슬렁 사라졌습니다.
그 뒤 율곡은 건강하게 자라 훌륭한 사람이 되었답니다.

나도 밤나무

내가 만드는 이야기

아이들이 들려 주는 이야기를 들어 본 적이 있나요?

그 이야기 속에는 아이들의 무한한 상상력과 창의력이 담겨 있음을 발견하게 될 것입니다.

번호대로 그림을 보면서 앞에서 읽었던 내용을 생각하고,

아이들만의 상상력과 창의력이 표현된 이야기를 만들어 보게 해 주세요.

나도 밤나무

옛날 옛적 이율곡과 나도밤나무 이야기

〈나도밤나무〉는 나무의 이름에 얽힌 재미있는 이야기입니다.

나도밤나무는 잎의 모양이 밤나무보다 크지만, 밤나무를 많이 닮은 나무입니다. 나도밤나무 이름에 관한 여러 가지 전설이 내려오지만, 그 중에서 여기서는 이율곡 선생님에 얽힌 이야기를 다루었습니다. 그리고 아이들의 눈높이에 맞춰 일부분을 생략하고 각색하여 구성하였습니다. 원래의 내용은 다음과 같습니다.

이율곡의 아버지가 지금의 인천 지방 수운 판관을 지낼 때 가족들이 사는 강릉 집에 왔다가 다시 인천으로 가던 중 하룻밤을 객사(나그네가 머무르는 집)에서 묵게 되었습니다. 그 곳 주인이 사임당 신씨가 임신한 아이가 호랑이에게 큰일을 당하게 될 거라는 이야기를 해 주었지요. 그리고 그 화를 피하려면 집 뒷산에 밤나무 천 그루를 심어야 한다고 알려 주었다고 합니다. 몇 년 후, 율곡의 집에 한 스님이 찾아와 아들을 시주하든지 밤나무 천 그루를 시주하라고 요구했습니다. 그러자 이율곡의 아버지는 뒷산으로 올라가 밤나무 천 그루를 스님에게 보여 주었답니다. 하지만 아무리 세어 보아도 밤나무 한 그루가 부족했지요. 그 때 밤나무 숲 끝에 있던 나무 한 그루가 "나도 밤나무야!"라고 소리쳤다고 합니다. 그러자 스님은 호랑이로 변하여 도망치고, 그 후 "나도 밤나무야!"라고 당당하게 나선 이 나무를 '나도밤나무'라고 부르게 되었다는 이야기입니다.

▲ 밤나무와 닮은 모습 때문에 이름이 붙여진 나도밤나무.